業界鼎力支持《金邊》出版
圖為（中間）柬埔寨駐香港總領事Mr.Sin Siya、（左起）金鏗集團董事成員李駿機先生、陳潔盈女士、（右起）陳逸源先生、專欄作家王芊媛女士。

柬埔寨是佛教國家，人民相當友善，他們純真的笑容正是我們需要的正能量。而且當地多國美食林立，有大型購物中心和玩樂設施，可以兌換美元在當地消費購物。由於沒有外匯管制，美元與港元掛勾，因此，港人不用擔心匯率的波動影響消費物價，若在當地經商設廠，成本開支和資金流動也相對穩定得多。

在旅程中，認識了好些外國醫生，他們都選擇定居柬埔寨發展當地醫療，更有來自台灣、日本和瑞典等等的醫生，臨上飛機之前，我不幸在香港染上流感，到達柬埔寨後便求診，很感恩遇到當地醫生的專業和細心，經治療後，我病情開始好轉可以順利繼續旅程。相信不久將來，世界各地的專業人士不斷前來柬埔寨發展、培訓人才和實踐專業領域，將會進一步深化柬埔寨醫療系統。

自從我親身到柬埔寨體驗後，才驚嘆歐美、日本及中國在世界各地的成就和貢獻，不論是當地大型投資或小本創業，甚至專業人士，都有中國人和來自全球不同人的足跡，只要經過他們的努力，便順利讓當地發展迅速。未來將會有很多大型基礎設施落成，例如新國際機場、輕軌鐵路和五星級品牌酒店進駐。柬埔寨環境優美，氣候宜人，具備優越的先天條件，相信很快成為國際旅客首選的旅遊勝地之一。

現在，我們就開始探索柬埔寨首都金邊的吃喝玩樂旅程，從旅遊出發，盼望從中得到更多啟迪，尋找您們心中的理想「烏托邦」。

Become a Fan on
Facebook
作者專頁 →

同《金邊》玩遊戲

禮尚往來

凡帶著《金邊》旅遊書乙本到金邊旅遊的讀者或金邊粉(Fans)，並把網站分享到社交平台，將免費獲得全東南亞最大創意園自選午餐及跳蹦床公園禮券乙份。

步驟一： 掃描創意園QR code

步驟二： 讚好(Like)網站並分享到臉書(Facebook)、Instagram、Twitter或微信(WeChat)其中一個社交平台。

步驟三： 在社交平台打以下字句：#金邊 #全新地標

齊創型爆潮語

潮語最爆炸的頭10名讀者或金邊粉(Fans)，將有機會免費包車遊歷全東南亞最大創意園玩足一天。

步驟一： 掃描創意園QR code

步驟二： 讚好(Like)網站並分享到臉書(Facebook)、Instagram、Twitter或微信(WeChat)其中一個社交平台。

步驟三： 在分享網站同時自創以《金邊》兩字為首的潮語。
例子：「金邊好In！玩得好癲！」

*詳情按贊助商Urban Village網站公佈為準，若有爭議，主辦機構將保留最終決定權。

未出發先準備

記得簽證

香港居民無論持BNO或特區護照皆須簽證，可到柬埔寨領事館預辦，或在入境時申請落地簽証(金邊機場、暹粒機場和大部分陸路邊境都可辦)，費用約35美元或以上，要帶護照照片。

柬埔寨駐港澳總領事館
地址：香港九龍尖沙咀梳士巴利道3號星光行12樓1218室
處理簽證申請時間：星期一至五 9AM-1PM/ 2PM-5PM
收費：$290
簽證所需文件： ① 護照正本 ② 一張證件相 ③ 填妥的簽證申請表格
柬埔寨e-Visa申請：

美元通行

金邊貨幣為里爾(Riel)，1美元＝4000里爾。
美元在當地十分通行，在一般酒店亦可用信用咭。

預訂機票　預訂酒店　叫車App

目錄

第一章

平玩至潮型格酒店

第一日下機後，我們便使用東南亞著名的打車App－Grab，用手機定位召喚私家車或嘟嘟車，司機便把我送到酒店。我來到金邊位於湄公河畔最受旅客歡迎的5星級酒店，這裡設有室外游泳池、餐廳、免稅店、水療中心及賭場。服務員友善親切，裝潢金碧輝煌，到了酒店梳洗後，晚上便準備到金邊夜店狂歡！

金界綜合渡假酒店
NagaWorld Hotel & Entertainment Complex

性價比高

地址：Samdech Techo Hun Sen Park Phnom Penh Cambodia,
　　　Phnom Penh 120101
電話：+855 23228822

房間價格：**約95美元/晚**

用後感評分：★ ★ ★ ★ ★（最多5粒星星）

抵住酒店

之後便入住鄰近熱門景點，永旺購物中心及鑽石島會展中心的4星級酒店。酒店內有便利店，房間寬敞開揚，浴室設有浴缸，讓我晚上可浸浴消除疲勞，酒店設有空中酒吧及天際游泳池，晚上燈光璀璨映入眼簾，不少遊客在夜間拍攝照片，美麗景色一覽無遺。

帕斯圖爾 51號住宅酒店
Pasteur 51 Hotel & Residences

地址：KH, No. 17, Rue Pasteur (51), Sangkat Chaktomuk, Khan Daun Penh
電話：+855 23 222 878

房間價格：**約40美元/晚**

用後感評分：★ ★ ★ （最多5粒星星）

入住座落於金邊商業樞紐高達188米5星級酒店,設計融入古今風格,帶有法國殖民高棉藝術概念。酒店人員特意為我升級行政套房優化體驗,十分貼心。酒店升降機及房間均設智能系統操作,更有著名Sense®水療中心、名牌購物中心、健身中心、20米室內游泳池及會議設施。

作者 RECOMMENd 最高 推介

品味享受

金邊瑰麗酒店
Rosewood Phnom Penh

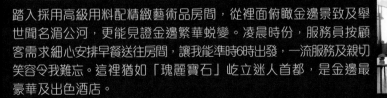

踏入採用高級用料配精緻藝術品房間,從裡面俯瞰金邊景致及舉世聞名湄公河,更能見證金邊繁華蛻變。凌晨時份,服務員按顧客需求細心安排早餐送往房間,讓我能準時6時出發,一流服務及親切笑容令我難忘。這裡猶如「瑰麗寶石」屹立迷人首都,是金邊最豪華及出色酒店。

地址:KH, 12202, Phnom Penh, No. 66 Monivong Blvd. Sangkat WatPhnom, Khan Daun Pen, Vattanac Capital Tower

電話:+855 23 936 888

房間價格:**約270美元/晚**

用後感評分:★★★★★（最多5粒星星）

商務首選

來到金邊全新落成4星級酒店,距離蘇利亞購物中心只有15分鐘步程。房間新穎時尚,特別是他們的床褥柔軟舒服,讓我能一覺睡到天光,早上自助早餐十分豐富,餐廳環境優美,服務員細心親切。設有健身俱樂部、酒吧、餐廳及室外泳池,除此之外,更有商務中心,會議及宴會設施佔地約1433平方呎,十分適合商務人員入住。

金邊萬怡酒店
Courtyard by Marriott Phnom Penh

地址:KH, 855, No. 115, St. 214 Corner St. 63, SangkatBeoungReang, Khan Daun Penh
電話:+855 23 238 888

房間價格:**約120美元/晚**

用後感評分:★ ★ ★ ★ (最多5粒星星)

HH Hotel & Sky Bar

市區平住

這是位於金邊市中心，距離金邊皇宮1.4公里的4星級酒店，這裡環境恬靜優美，房間佈置典雅，設室外游泳池、健身中心及桑拿設施，還有空中酒吧及自家釀製啤酒供應，晚上來這裏欣賞夜景，猶如置身繁華都市，璀璨迷人。

地址：#1,street282,BKK1 Phnom Penh, Phnom Penh 12302
電話：+855 23 906 666

房間價格：**約65美元/晚**

用後感評分：★ ★ ★ ★ （最多5粒星星）

金邊水瓶酒店城市渡假村
Aquarius Hotel & Urban Resort Phnom Penh

時
尚
民
風

之後，我便轉了位於金邊市中心的一間4星級酒店住宿。步行5分鐘便能到達獨立紀念碑，這裡最大的特點是頂層有一個無邊際空中泳池，可以飽覽日落日出美景，進入房間後有股芬芳香氣彌漫著，設有露台，乾淨整潔，頂樓還有小型酒吧，來到這裏游水，會見到很多外國人躺着享受陽光假期，酒店充滿工業風設計，備受外界好評。

地址：KH, 12304, No.5, Street 240, Sangkat Chakto Mukh, Khan Daun Penh
電話：+855 23 972 088

房間價格：**約80美元/晚**

用後感評分：★ ★ ★ ★ （最多5粒星星）

入住座落皇家宮殿後面的4星級酒店，距離熱鬧金邊市娛樂區只有10分鐘步程。這裏就像沙漠中的綠洲，雅致房間帶有荷花香氣，有燒烤場、酒吧及紀念品店，更有休憩露台及2個室外游泳池。

寫真必到

人工林城市溫泉渡假村
Plantation - Urban resort & spa

遊客在這裏游泳及在水中寫意閱讀，讓我捕捉不少動人照片。早上游泳後，能在池畔餐廳一邊吃早餐一邊看着人們暢泳，悠然自得。

地址：28 street 184, Phnom Penh, Cambodia
電話：+855 23 215 151

房間價格：**約70美元/晚**

用後感評分：★ ★ ★ ★ （最多5粒星星）

位置優越

盧米埃爾酒店
Lumiere Hotel

入住位於金邊市中心，距離獨立紀念碑、國家博物館和中央市場不到2公里的4星級酒店。房間及浴室設計寬躺舒適，自助早餐別出心思，超乎4星級水準。之後我便到空中酒吧，浸在露天按摩池與翩翩起舞的蜻蜓俯瞰壯麗景色，令人心曠神怡。

地址：KH, Building 26, St. 55, Corner St. 228
電話：+855 23971188

房間價格：**約50美元/晚**

用後感評分：★ ★ ★ ★ （最多5粒星星）

盛捷諾羅敦金邊酒店
Somerset Norodom Phnom Penh

長住之選

我入住了距離永旺購物中心（Aeon Mall）不到1.1公里的4星級酒店，房間整潔舒適，更設置廚房設備方便我烹飪，像服務式公寓，適合長期居住，更可攜帶寵物來渡假。頂層有健身房、水療服務及空中泳池，迷人城市景使我拍下不少美麗照片，還結識了世界各地不同朋友。

地址：KH, 12301, No. 2-6, Street 41, Sangkat Tonle Bassa, ChamkarMorn
電話：+855 23926868

房間價格：**約70美元/晚**

用後感評分：★★★★（最多5粒星星）

高級享受

萊佛士酒店
Raffles Hotel Lê Royal

來到一間位於金邊市中心、鄰近美國大使館，建於1929年歷史悠久的五星級酒店。酒店洋溢著歷史韻味，設計具殖民古典風格，散發出奢華法國氣息。設有酒吧、商店、漂亮迷人游泳池及健身房，早餐滋味豐富，酒店服務員非常高效率和有禮，內有著名法國餐廳Restaurant Lê Royal，可品嚐高級法國菜，是金邊豪華經典酒店之一。

地址：92 Rukha Vithei Daun Penh
電話：+855 23 981 888

房間價格：**約280美元/晚**

用後感評分：★ ★ ★ ★ ★（最多5粒星星）

五星水準

太陽月亮城市酒店
Sun & Moon Urban Hotel

入住金邊道邊區的4星級酒店，從酒店可步行到500米外的中央市場，鄰近餐廳及超市。房間配置星星與月亮的主題風格，色彩鮮艷奪目。有酒吧、天際泳池、健身中心、桑拿浴室及蒸氣浴室，這裏的自助早餐美味可口，性價比高，值得一試。

地址：# 68, Street 136 and 15, Phsar Kandal 1 Phnom Penh 12000
電話：+855 23961888

房間價格：**約60美元/晚**

用後感評分：★ ★ ★ ★ （最多5粒星星）

貴族之選

金邊索菲特佛基拉酒店
Sofitel Phnom Penh Phokeethra

來到鄰近永旺購物中心(Aeon Mall)約2分鐘步程的五星級酒店，房間寬大，環境充滿貴族氣派，設有5間餐廳，2間池畔酒吧、2個室外游泳池、4個室外網球場及土耳其蒸氣浴。酒店人員親切貼心，餐廳有新鮮海鮮供應，值得回味！

地址：26 Old August Site, Street, Samdach Sothearos Blvd (3), Phnom Penh 12301
電話：+855 23999200

房間價格：**約260美元/晚**

用後感評分：★ ★ ★ ★ ★ （最多5粒星星）

其他推介酒店

溫酒店及公寓
La Rose Boutique Hotel & Spa

地址：168 Preah Norodom Boulevard(41),12301
電話：+855 69885888

用後感評分：★ ★ ★ ★ （最多5粒星星）

阿魯尼亞酒店
Arunreas Hotel

地址：163 street 51,12207
電話：+855 15813888

用後感評分：★ ★ ★ ★ （最多5粒星星）

第二章

金邊吃貨之旅

Malis
高棉Fusion菜餐廳

失傳美食

來到位於金邊市中心，靠近獨立紀念碑的高棉餐廳，桌子圍繞着美麗熱帶花園，旁邊擺設風水原則的國王賈亞瓦曼七世(Jayavarman VII)雕像。由於1970年紅色高棉統治下，使很多傳統高棉飲食失傳，為了重振輝煌，更邀請了英國著名米芝蓮星級廚師Gordon - James Ramsay前來交流，餐廳悉心製作高棉美食，使我們能品嚐失落已久的高棉菜！

地址：# 136 Street 41, Phnom Penh 12301
電話：+855 15 814 888
休息時間：下午11:00

用後感評分：★ ★ ★ ★ ★ （最多5粒星星）

最美酒吧

瑰麗酒店索拉天空酒吧
Sora Sky Bar

吃完晚飯，去金邊瑰麗酒店（Rosewood Phnom Penh）37樓的天空酒吧欣賞夜景，這是金邊現代化的酒吧，從這裏喝著雞尾酒和聽音樂俯瞰驚嘆視野的景色，是最佳體驗，酒吧非常適合社交和工作聚會，晚上與朋友來這裏把酒暢談，令人可以盡情忘憂。

地址：66 Monivong Boulevard Sangkat Wat Phnom,
　　　Vattanac Capital Tower Khan Daun Penh Phnom Penh, Phnom Penh 12202
電話：+855 23 936 866
營業時間：下午5:00

用後感評分：★ ★ ★ ★ ★（最多5粒星星）

貓咪咖啡店
CHMMA Catfe

萌萌噠貓

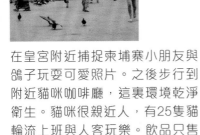

在皇宮附近捕捉柬埔寨小朋友與鴿子玩耍可愛照片。之後步行到附近貓咪咖啡廳，這裏環境乾淨衛生。貓咪很親近人，有25隻貓輪流上班與人客玩樂。飲品只售1.5至2美元，而且不限時，適合愛貓人士一邊喝咖啡一邊與貓共樂！

地址：#33,street 178 Sangkat Chey Chum Neas Phnom Penh,Phnom Penh 12206
電話：+855 10 800 222
休息時間：下午9:00

用後感評分：★ ★ ★ ★ ★ （最多5粒星星）

貴而不貴

One More Restaurant

去到一間頂級柬埔寨餐廳吃午飯，這裏的室內設計和建築別樹一格充滿情調，服務員均穿着傳統柬埔寨服裝，好客親善，食物偏向泰式，味道辛辣，我最喜歡吃他們的柬式豬手，有別於傳統高棉菜餚。設有私人房間提供聚會，人均消費約10美元加上五星級服務，是一間最受歡迎高棉餐廳之一。

地址：#37, St. 315 Sangkat Beoung Kak 1, Khan Toul Kork, Phnom Penh
電話：+855 23 888 222
營業時間：下午10:00

用後感評分：★ ★ ★ ★ ★ （最多5粒星星）

Fulcrum Cafe-Feel Good Coffee

Factory Phnom Penh

去到Factory Phnom Penh咖啡店進行午餐,是毗鄰首都‧國金Urban Village大型社區,有世界一流拿鐵咖啡、高棉與多國美食,這裏的芒果奶昔及高棉菜深受人客喜愛,由於附近設共享辦公室,餐廳更以特惠價錢供應午餐給顧客,例如初創企業人士,實踐社會關愛責任。

地址:#1159 National Road 2, Khan Mean Chey, Phnom Penh

電話:+855 17 999 546

休息時間:下午6:00

用後感評分:★★★★★ (最多5粒星星)

助人為樂

Romdeng

來到一間柬式料理餐廳吃飯，環境優美配特大泳池，是一間慈善餐廳，主要幫助柬埔寨街頭兒童和成人學習一技之長。每人只需贊助50美元，通過語言及餐飲服務訓練後，可協助他們就業。是一間深受外籍顧客喜歡的社企餐廳。餐廳有脆炸蜘蛛和紅螞蟻等昆蟲食物，也有辣椒雪糕，各式各樣高棉菜色任君選擇！

地址：# 74 Oknha Ket St. (174), Phnom Penh 12210
電話：+855 92 219 565
休息時間：下午11:00

用後感評分：★ ★ ★ ★ ★ （最多5粒星星）

名人飯堂

作者推介
RECOMMENd
最豪

Topaz

穿著正裝來到金邊最頂級的法
國餐廳吃法國菜，歐陸式環境
及舒適花園帶有柬式風味，餐
廳用心服務20多年，有米芝蓮
星級廚師帶領培訓，薪火相傳。
食物來自高級食材供應商，多
種菜式都加入魚子醬和鵝肝，
擺設精緻，名流商賈更是常客。
人均消費約100美元，是金邊
最著名法國餐廳。

地址：House 162, Norodom Street Phnom Penh, Phnom Penh 12302
電話：+855 15 821 888
休息時間：下午10:30

用後感評分：★ ★ ★ ★ ★ （最多5粒星星）

你泰識東

媽媽泰菜館
Mama Thai Restaurant

來到裝潢充滿東南亞風格的泰國餐廳吃飯，一樓有美麗魚池，2樓有吧枱和可以宴客包廂，到處是復古裝飾。餐廳的餐牌均附設圖片方便選擇，十分細心，食物多樣化，有受歡迎的咖喱螃蟹和豬頸肉，配搭法國麵包咬入口時味道鬆脆可口，簡直絕配！

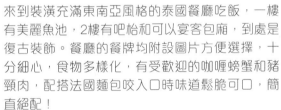

地址：St 352 Phnom Penh 12302

電話：+855 92 761 110

用後感評分：★ ★ ★ ★ ★（最多5粒星星）

Goldwell Cafe x Pasteur
越束餐廳

Factory Phnom Penh

位於Urban Village一期商場內特式Crossover餐廳的Goldwell Cafe是柬埔寨地道咖啡店，以工業風設計配上傳統風味咖啡，是咖啡迷必到的金邊打卡熱點。店內有不同種類咖啡可供選擇。食品引入了Pasteur越南餐廳提供的馳名越南牛肉粉、雞肉粉、烤豬肉飯及越南特式小食等。柬越風味互相配合，特別之餘帶有新鮮感。可以相約三五知己一邊品嚐越南美食，一邊喝正宗地道咖啡，是金邊全新感受。

越束越識食

作者 RECOMMEND 越食越束擇 推介

地址：Shop B2, No. 1159, National Road No.2, Commune of Chak Angre Leu, District of Mean Chey, Phnom Penh, Kingdom of Cambodia.

電話：+855 17 930 505

用後感評分：★★★★★ （最多5粒星星）

墨西哥夢

Analog bar Factory Phnom Penh

作者 RECOMMEND 最噗 推介

來到全東南亞最大創意園的全新酒吧餐廳,這裡裝潢具工業風格,更以Gatsby作主題,充份突顯墨西哥浪漫風味,聽著優美音樂、品嘗美味飲品及墨西哥美食,像一直提醒人們放慢速度,與周邊交流和享受當下的舒坦生活!

地址:National Road No2 Phnom Penh, Phnom Penh 12354
電話:+855 17 999 546

用後感評分:★ ★ ★ ★ ★ (最多5粒星星)

Khema Pasteur

最荀法餐

來到Arunreas酒店附近法國餐廳吃飯,這裏的麵包、蛋糕和餡餅是招牌,餐廳設計富藝術氣息,食物精緻美味,約15美元就能品嚐米芝蓮質素的法國餐,價格便宜得令人感到驚喜!

服務員很友善,多是外籍人士光顧,很適合情侶和商務人士來吃飯。是我很喜歡的法國餐廳之一!

地址:Corner of Street 228 & Street 51 Phnom Penh, 12211
電話:+855 15823888
休息時間:下午10:00

用後感評分:★ ★ ★ ★ ★ (最多5粒星星)

紅寶石中西美食廳
Thmor Da Restaurant

來到鄰近中央市場，很多觀光客和達官貴人必到的知名餐廳午餐，這是一間由華人開設歷史悠久的餐廳，服務員和老闆十分好客，招牌菜是大骨湯，我最喜歡法式三文治，其麵包內部柔軟細膩，外面酥脆，且價格合理，是遊客必到品嚐的餐廳。

地址：Sok Hok (St. 107), Phnom Penh
電話：+855 23 882 747
營業時間：下午9:00

用後感評分：★ ★ ★ ★（最多5粒星星）

Bistrot Langka

來到位於金邊市中心一個小巷，充滿浪漫情懷的法式小酒館吃飯，這裏的韃靼牛排及金槍魚十分好口啤，且價格合理，餐廳的東主友善親切，服務員招呼周到，這裡非常適合情侶晚餐約會，是優秀法國餐廳之一。

二人世界

地址：#132 Z13, Street 51, Sangkat Beongkeng Kang 1 Phnom Penh,
　　　Phnom Penh 12302
電話：+855 70 727 233
休息時間：下午6:00

用後感評分：★ ★ ★ ★ （最多5粒星星）

新
鮮
感

七海海鮮餐廳
Sevensea Seafood Restaurant

來到鄰近鑽石島，位置優越的海鮮餐廳品嘗新鮮魚生片及各類海鮮。設有自助早餐，韭菜餅、開背蝦和點心深受食客歡迎，更有私人派對室，適合商務和家庭用餐，是混合中國和高棉美食的現代化海鮮餐廳。

地址：St Tonle Bassac,Sangkat Tonle Bassac, Street Tonle Bassac Park, 12301
電話：+855 77 801 777
休息時間：下午11:00

用後感評分：★ ★ ★ ★ ★ （最多5粒星星）

印度咖喱

Angkor India Restaurant

來到金邊最受歡迎的印度餐廳之一吃午餐，設室內外環境選擇，氣氛宜人。食物份量充足，我最欣賞它的蔬菜薩摩薩和黃油雞，入口融化，有正宗印度菜水準，且價格非常實惠，很適合家庭一同來品嚐！

地址：# 8A St 278, Phnom Penh 12302
電話：+855 23 212 023
休息時間：下午10:00

用後感評分：★ ★ ★　（最多5粒星星）

意式浪漫

Trattoria Bello Pizza

來到鄰近俄羅斯市場的意大利餐廳吃午飯，環境溫馨舒適，這裏最受歡迎的招牌菜就是沙律、自製意大利麵和薄脆披薩，沙律醬和醬汁味道極佳，披薩約7美元，還有新鮮乳酪供應，價格合理。絕對能媲美意大利及英國的意大利餐!

地址：17C St 460, Phnom Penh 12310
電話：+855 96 341 0936
休息時間：下午5:30

用後感評分：★★★★（最多5粒星星）

Doors

來到西餐廳吃正宗西班牙菜，這裏環境復古，有兩位來自巴塞隆拿頂級廚師精心研發菜餚，飲品美觀又好喝，招牌菜是烤蝦煎蛋、蘑菇意大利飯和烤乳豬。更有現場駐唱和配合美妙爵士樂，且價格合理，是我在金邊吃過的餐廳當中，最喜歡的餐廳之一。

最牛餐廳

地址：#18 Street 47, Phnom Penh

電話：+855 23 986 114

休息時間：下午10:00

用後感評分：★ ★ ★ ★ ★ （最多5粒星星）

泰多美食

Needa Bar Restaurant

NEEDA AUTHENTIC-CUISINE

來到位於永旺商場一期(Aeon Mall 1)裏面的泰國餐廳吃晚飯，這裏的菠蘿炒飯值得推薦，蟹肉味道新鮮，地方寬敞舒適，晚飯後可以在商場內逛街，購物吃喝盡在這裏。

地址：Street 337,Toul Kork Phnom Penh,Phnom Penh
電話：+855 092 624 477

用後感評分：★ ★ ★ （最多5粒星星）

摸黑進餐

Dine in The Dark

來到一間由盲人當服務員暗黑的餐廳吃飯，天花板雖帶有點點紅光，但視野微弱下，在黑暗中專心品嚐高棉菜、多國菜和素食，更能用心體會食物品質及滋味，是非常難忘的體驗！人均消費約18美元，是極具創意及啟發性餐廳！

地址：126 Preah Ang Yukanthor Street (19), Phnom Penh

電話：+855 77589458

營業時間：下午6:00

用後感評分：★ ★ ★ ★ ★ （最多5粒星星）

河邊拍拖

Oskar Bistro

來到湄公河邊的西餐廳吃晚飯，這裏有很棒的DJ音樂，氣氛一流，很多外國人聚集，雞尾酒特別好喝，柔和光線突顯浪漫情調，價格適中，晚飯後更可跟情侶到河邊漫步，十分寫意。

地址：159 Street Sisowath Quay
電話：+855 23215179
休息時間：下午5:00

用後感評分：★ ★ ★ ★ ★（最多5粒星星）

HH Hotel & Sky Bar

夜間派對

作者推介
RECOMMEND
港版中環地帶

來到位於金邊市中心4星級酒店的空中酒吧與大伙朋友一起開生日派對，這裡有味道一流的手工啤酒，更設有游泳池和現場音樂表演，踏出露台能飽覽美景，與友人舉杯相聚，更是賞心樂事。是慶祝紀念日的好地方。

地址：#1,street282,BKK1 Phnom Penh, Phnom Penh 12302
電話：+855 23906666

用後感評分：★ ★ ★ ★ ★ （最多5粒星星）

任
飲
任
食

Shaburi

來到永旺商場1期（Aeon Mall 1）2樓的日本餐廳涮火鍋自助餐，這裏牛肉優質爽口，有美顏、適合孕婦及有益腸胃等口味湯底選擇，十分健康。自助餐甜品雪糕無限量供應，任飲任食。人均消費約13.5美元，是超值火鍋自助餐！

地址：# 2floor, Street Sothearos, Phnom Penh 12301
電話：+855 92123456
營業時間：下午10:00

用後感評分：★ ★ ★ ★ ★（最多5粒星星）

美味廚神

Fat Passion

來到由香港一對情侶開設的西餐廳吃晚飯,這裡氣氛溫馨,食物用心烹調。我最喜歡的是炸無骨雞肉,香脆多汁和價格實惠。來到異鄉生病,香港東主Crystal知道我感冒聲沙,特意炮製餐牌無的獨特薑茶,份外親切。很欣賞香港人的創業精神,食物和服務超乎預期的好,重點推介!

地址:171 Preah Ang Yukanthor Street (19), Phnom Penh

電話:+855 15 462 422

休息時間:下午10:00

用後感評分:★★★★★(最多5粒星星)

美式快遞

迪格比餐廳
Digby

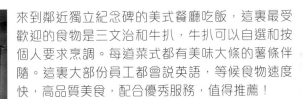

來到鄰近獨立紀念碑的美式餐廳吃飯，這裏最受歡迎的食物是三文治和牛扒，牛扒可以自選和按個人要求烹調。每道菜式都有美味大條的薯條伴隨。這裏大部份員工都會説英語，等候食物速度快，高品質美食，配合優秀服務，值得推薦！

地址：# 197 Preah Trasak Paem St. (63), Phnom Penh 12302

電話：+855 77 772 326

休息時間：下午10:00

用後感評分：★ ★ ★ ★ （最多5粒星星）

香港茶餐廳

講飲港食

來到充滿港式情懷的香港茶餐廳，佈置帶有香港風味，更能令人回味獅子山下的點滴，一碟芝士焗豬扒飯約4.8美元，美味可口和價格合理，能夠在金邊體驗香港氛圍，實在難能可貴！

地址：#1173Eo, Preah Trasak Paem St. (63), Phnom Penh 12302

電話：+855 96 392 3014

休息時間：下午9:00

用後感評分：★ ★ ★ （最多5粒星星）

大
涮
羊
鍋

小肥羊火鍋餐廳

來到中國著名火鍋連鎖店，當然要品嚐金邊的新鮮食材，其中包括特色羊肉、紅燒羊肉及特色油炸豆腐等。秉承天然、健康和珍貴理念，所有鍋底均經過嚴格的工序處理，引入七味藥食原理，濃郁入味，美味難擋！

地址：House 27 214, 12211, Phnom Penh

電話：+855 23 989 898

休息時間：下午10:00

用後感評分：★ ★ ★ ★ （最多5粒星星）

狂歡之夜

Hard Rock Cafe

來到香港置地(Hong Kong Land)的交易廣場(Exchange Square)吃美國菜消遣,餐廳鄰近美國大使館,適合大伙朋友聚會,這裏最出名的食物就是漢堡,餐廳的周圍都帶有搖滾裝飾,晚宴開始後,歌手便會在台上唱歌、打鼓和彈奏結他,與台下顧客打成一片高歌熱舞,氣氛震撼。能擁有這樣西化的夜生活,難怪吸引很多外國遊客前來金邊一嚐夜間娛樂。

地址:Street 102 Corner Of Street 51, Exchange Square Phnom Penh, Phnom Penh 12202

電話:+855 81 641 111

營業時間:上午11:00

用後感評分:★★★★★ (最多5粒星星)

Hops Craft Beer Garden

啤酒勝地

來到金邊的工藝啤酒廠，設有大型啤酒花園和獨立用餐區，有五種口味的自製蒸釀啤酒選擇，室內設有桌球和射飛鏢，寬大的環境有游泳池和宴會室。現場更有音樂駐唱和西餐供應。很適合愛酒人士、單身和大夥朋友夜間把酒娛樂！

地址：No. 17, Street 228 Phnom Penh
電話：+855 23 217 039
休息時間：上午1:00

用後感評分：★ ★ ★（最多5粒星星）

亞坤

Ya Kun Kaya Toast

來到這間漂亮的咖啡廳吃星加坡風味的烤麵包和牛奶咖啡，新加坡叻沙約3.8美元，早上來這裏吃早餐，快速、乾淨及性價比高，難怪深受新加坡人歡迎，是經濟首選！

新加坡早餐

地址：# 29 Oknha Chrun You Hak St. (294), Phnom Penh 12301
電話：+855 098 656 969
休息時間：下午7:00

用後感評分：★ ★ ★ ★ ★ （最多5粒星星）

其他餐廳介紹

Eclipse Sky Bar

地址 ：#455, Monivong Blvd, Phnom Penh Tower, 23rd Floor, Sangkat, Phnom Penh

電話 ：+855 23 964 171

營業時間 ：下午5:00

用後感評分：★ ★ ★ ★ ★ （最多5粒星星）

Katanashi

地址 ：51 Street Village 5, Commune BKK1 District Cham Kamo, Phnom Penh 13244

電話 ：+855 23 987 701

營業時間 ：下午6:00

用後感評分：★ ★ ★ ★ ★ （最多5粒星星）

Kai Fun
馬來西亞餐廳

其他餐廳介紹

地址：House 25 Street 334 Sangkat Beong Keng Kang 1, Phnom Penh 12302
電話：+855 23 900 545
休息時間：下午10:30

用後感評分：★ ★ ★ ★ （最多5粒星星）

Metro Azura

地址：TK Avenue Mall , Corner St 315 & St 516, Beung Kok 1, Phnom Penh
　　　Cambodia, Phnom Penh 12151
電話：+855 12 274 060
休息時間：下午11:00

用後感評分：★ ★ ★ ★ ★ （最多5粒星星）

其他餐廳介紹

湄公河上的遊船餐廳
Kanika Floating Restaurant Bar

地址：Moored behind Himawari Hotel, Phnom Penh,Cambodia

用後感評分：★ ★ ★ ★ ★ （最多5粒星星）

SakaNa Lab

地址：#039 Rue Pasteur No. 51, 1 Phnom Penh

電話：+855 85 986 915

營業時間：下午6:00

用後感評分：★ ★ ★ ★ （最多5粒星星）

庭園火鍋

地址：Samdach Phuong St. (264), Phnom Penh

電話：+855 88 201 8777

休息時間：下午10:00

用後感評分：★ ★ ★ ★ ★ （最多5粒星星）

其他餐廳介紹

其他餐廳介紹

Le Saint Georges

地址：111,Oknha In St. (136), Phnom Penh
電話：+855 81 688 020
營業時間：早上11:00　　　用後感評分：★ ★ ★ ★ ★（最多5粒星星）

HKong Tea
Factory Phnom Penh

★作者★ RECOMMEND 最足料　推介

地址：HKong Tea F5-R5, #1159 National RD2, Sangkat. Chak Angrae Leu,
　　　Khan. Meanchey, Phnom Penh
電話：+855 17 999 546

用後感評分：★ ★ ★ ★ ★（最多5粒星星）

Aroy Thai Food
Factory Phnom Penh

★作者★ RECOMMEND 泰好味　推介

地址：Aroy Thai Food B3-R1, #1159 National RD2, Sangkat. Chak
　　　Angrae Leu, Khan. Meanchey, Phnom Penh
電話：+855 98 999 596

用後感評分：★ ★ ★ ★ ★（最多5粒星星）

Collin's

地址：The Bridge Soho Level 13, No14, St.78 Tonle Bassac Commune Chamkarmorn Dist

電話：+855 15 328 668

休息時間：早上1:00

用後感評分：★ ★ ★ ★ （最多5粒星星）

其他餐廳介紹

東方宴
Golden Formosa Restaurant

地址：House 30 Samdach Penn Nouth St. (289), Phnom Penh 12151

電話：+855 97 816 8222

營業時間：早上9:30

用後感評分：★ ★ ★ ★ ★ （最多5粒星星）

其他餐廳介紹

Farm to Table

地址：#16 St 360, 112302
電話：+855 78 899 722
營業時間：上午8:00

用後感評分：★ ★ ★ ★ ★（最多5粒星星）

Sofitel - The Cigar Chamber

地址：26 Old August Site, Street, Samdach Sothearos Blvd (3), 12301
電話：+855 23999200

用後感評分：★ ★ ★ ★（最多5粒星星）

The K's

地址：1st Floor, #8 Street 208 Phnom Penh

電話：+855 61 895 533

營業時間：下午5:00

用後感評分：★ ★ ★ ★ ★ （最多5粒星星）

Raffles Hotel Lê Royal

地址：92 Rukhak Vithei Daun Penh Sangkat Wat Phnom

電話：+855 23 981 888

再營業時間：下午6:30

用後感評分：★ ★ ★ ★ ★ （最多5粒星星）

其他餐廳介紹

其他餐廳介紹

Silla Korean Restaurant

地址：#34-34, St 337, Sangkat Beong Kok 1, 12152
電話：+855 86 215 000
營業時間：早上10:00

用後感評分：★ ★ ★ ★ ★（最多5粒星星）

Amigo Restaurant & Sky Bar

地址：#3 Bis, Street 288, Boeung Keng Kang I Commune,
　　　Chamkarmon District, PhnomPenh
電話：+855 23 212 555
休息時間：下午11:00

用後感評分：★ ★ ★ ★ ★（最多5粒星星）

第三章

瞎拼金邊購物站

我是老大

去到金邊最大購物中心，這裡比永旺購物中心一期面積大一倍和富時代感，除了有國際知名品牌進駐，還有兒童機動遊樂場、健身房、水族館、電影院及保齡球場，戶外還設有水上樂園，供大人和小朋友暢泳，為金邊增添了更多姿多彩的購物及生活享受。

永旺購物中心二期
Aeon Mall 2

作者推介
RECOMMEND
最巨

地址：St No. 1003 Village Bayab Commune, Phnom Penh
電話：+855 23 911 888
休息時間 下午10:00

用後感評分：★ ★ ★ ★ ★（最多5粒星星）

吃頭啖湯

永旺購物中心一期
Aeon Mall 1

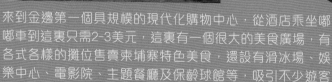

來到金邊第一個具規模的現代化購物中心，從酒店乘坐嘟嘟車到這裏只需2-3美元，這裏有一個很大的美食廣場，有各式各樣的攤位售賣柬埔寨特色美食，還設有滑冰場、娛樂中心、電影院、主題餐廳及保齡球館等，吸引不少遊客前來購物和娛樂。

地址：132 Samdach Sothearos Blvd (3), Phnom Penh
電話：+855 23 901 091
休息時間：下午10:00

用後感評分：★ ★ ★ ★ （最多5粒星星）

殺價天堂

中央市場
Central Market

去到位於金邊市中心，由法國建築設計師建造的中央市場購物，主要售賣珠寶玉石和柬埔寨傳統手工藝品，更有海鮮及乾貨類，路攤還有小吃和波鞋出售，我在這裏選中了心儀產品，經討價還價後，很開心能夠買到價廉物美貨品，便捧着在路邊攤以1美元買下的椰青水邊喝邊愉快地去下一個購物點！

地址：Calmette St. 53, Phnom Penh 55555, Cambodia
電話：+855 98 288 066
休息時間：下午6:00

用後感評分：★ ★ ★ ★ ★ （最多5粒星星）

濕平熱點

TK Avenue Mall

我前往了位於金邊西北部的露天購物中心，有知名品牌連鎖店、餐廳、劇院、電影院、超市及兒童遊戲設施。在這裏可以購買心儀的服裝或電子產品，附近更有咖啡廳歇息，是一個購物休閒好地方。

地址：Corner Street of 315 & 516 Phonm Penh, Phnom Penh 12151
電話：+855 11 388 998
休息時間：下午9:00

用後感評分：★ ★ ★ ★ （最多5粒星星）

高棉藝術

藝術畫廊-Factory Phnom Penh
Art Gallery

來到Urban Village社區的Factory Phnom Penh參觀本地藝術家的畫作，畫廊將柬埔寨元素與國際都市藝術融合一起創造獨特風格，定期有音樂會及藝術工作坊活動，提供有趣藝術產品給遊客欣賞和留念。亦為下一代高棉藝術家提供展示藝術的平台。

地址：National Road No2 Phnom Penh, Phnom Penh 12354
電話：+855 31 387 1444
休息時間：下午4:00

用後感評分：★ ★ ★ ★ ★（最多5粒星星）

鑽石島會展中心
Diamond Island Convention & Exhibition Centre

國際貿易採購

來到金邊市中心，第一個特別行政區管理的衛星城 - 鑽石島，島上規劃有大型超級市場、學校、醫院和健身娛樂等生活、休閒配套設施。其中鑽石島會展中心，是柬埔寨最大規模和最好的國際展覽館，建築面積約23000平方米。鑽石島會展中心靠近所有主要的酒店和旅遊景點。每年接待數十場展會和數以十萬展商。舉辦展會包括：珠寶首飾、食品飲料、汽配、建築、電力能源、塑料橡膠、五金工具、建築裝飾、紡織及成衣、工業機械等。

地址：Koh Pich,Phnom Penh
電話：+855 16 525 142

用後感評分：★ ★ ★ ★ ★（最多5粒星星）

閣
太
熱
點

Vattanac Capital Tower

在金邊瑰麗酒店品嚐完精緻下午茶後，便去同幢的高檔商場購物，這是全金邊最高的辦公大樓、酒店及購物中心，共39層，有餐飲設施、名牌店及銀行，是金邊最豪華建築及高消費場所。

地址：Preah Ang Non Street, Phnom Penh, 22 ambre shop phnom penh
　　　37 Samdach Preah Sokun Meanbon St. (178), Phnom Penh
電話：+855 23 217 935

用後感評分：★ ★ ★ ★　（最多5粒星星）

置業家居

Global House

來到柬埔寨最大家居裝潢器材店，如果想親手裝置家居，這裏是不二之選，店裡產品種類繁多，價格合理，有電器、傢俬、電子設備、廚具、床上用品及園藝等，設有「女士專用」停車場，更有兒童遊樂設施，可供小朋友消遣，不但是大人至愛，也是小朋友熱愛地點。

地址：Sen Sok City
休息時間：下午9:00

用後感評分：★ ★ ★ （最多5粒星星）

堅離地荀

Zando City Mall - Factory Outlet

去了柬埔寨流行的工廠直銷中心，這裏售賣男裝、女裝及童裝。更有大傾銷折扣優惠，是知名品牌服飾散貨區，由於價格便宜，吸引不少遊客慕名搶購時尚服飾！

地址：Vel Vong, 33 st 217, Phnom Penh

電話：+855 81 999 716

休息時間：下午8:30

用後感評分：★ ★ ★ ★（最多5粒星星）

大到扎心超市

萬客隆超級市場
Makro Supermarket

這裡是鄰近永旺商場2期（Aeon Mall 2)的泰國連鎖集團「巨無霸超市」，有很多來自泰國進口的產品，如家電、雜貨、飲料、鮮肉和牛奶。其特色均是大大包，人流不絕，價格便宜，是金邊最大型超級市場。

地址：Sen Sok City
休息時間：下午10:00

用後感評分：★ ★ ★ ★ （最多5粒星星）

金邊由來

塔仔山

Wat Phnom

來到位於柬埔寨首都金邊的塔仔山，高 27 米，是金邊唯一一個山丘。遊客除了能夠在山頂欣賞金邊的風光外，還可以到「奔夫人山寺」拜佛，寺內供奉釋迦牟尼各種佛像。金碧輝煌的寺廟，外牆塗滿金色，而金邊的名字亦由此而來。每逢齋期，大批信徒會到塔仔山拜佛祈福，還有華人蓋建的廟宇，用以供奉華人信仰。晚上附近還有金邊夜市供遊客選購當地產品。

地址：Wat Phnom,North end of Norodom Blvd,Phnom Penh

休息時間：下午5:00

用後感評分：★ ★ ★ （最多5粒星星）

全新蒲點預告1

永旺購物中心三期
Aeon Mall 3

這是位於金邊南部ING City衛星城內及鄰近 Urban Village 社區，未來將斥資35億美元興建全東南亞最大型的購物中心，佔地約174000平方米，比金邊永旺購物中心一期(Aeon Mall 1)及永旺中心二期(Aeon Mall 2)更大和壯麗，將涵蓋住宅、商業和零售的綜合型項目。預計將在2023年落成！

地址：ING CITY

用後感評分：★ ★ ★ ★ ★ （最多5粒星星）

全新蒲點預告 2

The Olympia Mall

這是位於奧林匹克體育場附近，全新開業的大型購物中心，商場擁有全金邊最長的扶手電梯，約五層高，各大商店將陸續試業，未來商場將匯聚商業、購物及酒店於一身，將會吸引不少旅客及人流前來觀光購物。

地址：Monireth Blvd (217),Sangkat Veal Vong, Khan 7 Makara, Phnom Penh.
電話：+855 23 901 967
休息時間：晚上10:00

用後感評分：★ ★ ★ ★ （最多5粒星星）

六福珠寶
Lukfook Jewellery Cambodia

其他購物推介

地址：#41 274, Phnom Penh
電話：+855 23 222 666

用後感評分：★ ★ ★ ★ （最多5粒星星）

其他購物推介

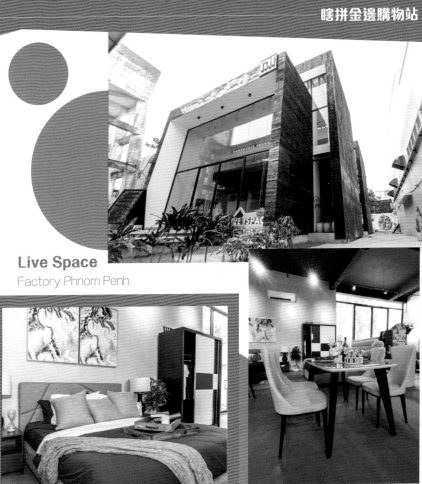

Live Space
Factory Phnom Penh

★ 作者 ★
RECOMMEND
小米變巨米 推介

地址：Live Space B12, #1159 National RD2, Sangkat. Chak Angrae Leu, Khan. Meanchey, Phnom Penh

電話：+855 61 934 788

用後感評分：★ ★ ★ ★ ★ （最多5粒星星）

蘇利亞購物中心
Sorya

地址：3rd Floor, Lot R16-R17-R18 Sorya Mall, Phnom Penh 12210
電話：+855 23 210 018
休息時間：下午9:00

用後感評分：★ ★ ★ （最多5粒星星）

俄羅斯市場
Toul Tom Poung Market

地址：Corner of Street 163 and Street 444, Phnom Penh, Cambodia
電話：+855 12 979 722
休息時間：下午5:00

用後感評分：★ ★ ★ ★ （最多5粒星星）

其他購物推介

第四章

金邊忘形玩樂

The Art Bar

這間工作室，是由兩位充滿激情的Jeff和Daniel年輕人經營，這裏有受歡迎的陶器課，導師會教導我們如何製作一個杯、碗和花瓶，更教我們畫油畫，除此之外，還會跟我們分享柬埔寨藝術歷史，這裏有一個小酒吧，可讓我們一邊陶醉藝術創作，一邊喝着紅酒培養創作靈感。

酒情畫意

地址：Songkat Srak Chork, No225, Street 45, Khan Daun Penh Phnom Penh
電話：+855 88 529 9188
營業時間：早上10:00

用後感評分：★ ★ ★ ★ （最多5粒星星）

激
到
彈
起

跳彈床公園
Factory Phnom Penh

來到鄰近Urban Village的社區，這是柬埔寨首個大型的跳彈床公園，這裏有專業導師教導我們如何使用正確躍動姿勢，小朋友和大人在這裡都玩得十分快樂，樓上還有咖啡室可供休憩，是一項健康運動的最佳選擇。

地址：National Road No2 Phnom Penh, Phnom Penh 12354
電話：+855 17 999 541

用後感評分：★ ★ ★ ★（最多5粒星星）

作者 RECOMMEND
東南亞最大創意園
推介

網紅打卡

Factory Phnom Penh

去到柬埔寨最大，集辦公、餐飲、娛樂、教育、休閒和創作於一身，被譽為金邊「矽谷」及798藝術區的Factory Phnom Penh。這裡經國際藝術家揮筆點綴後，便吸引很多國際網紅(KOL)和遊人到這裏打卡拍攝藝術作品，更有「共享單車」免費借用。逢星期天中午12時至下午4時，區內還會舉行Unplug音樂及藝術表演，氣氛熱鬧，是大人和小朋友家庭樂好地方。

地址：National Road No2 Phnom Penh, Phnom Penh 12354
電話：+855 017 999 546

用後感評分：★ ★ ★ ★ ★ （最多5粒星星）

飄移境界

美國領事館NGO滑板場 - Factory Phnom Penh Skatistan

★作者★
RECOMMEND
最好玩

推介

之後我便去靠近大使館及即將興建永旺商場三期（Aeon Mall 3）的新樓盤了解Urban Village房地產市場，這裡有由Urban Village與美國領事館合辦的滑板場，很多外籍及柬埔寨小朋友年紀輕輕就能玩出不同滑板花式，不少本地及海外人士特意在此置業，閒時於這大型社區玩樂。

地址：National Road No2 Phnom Penh, Phnom Penh 12354
電話：+855 17 999 541

用後感評分：★ ★ ★ ★ （最多5粒星星）

Fantastic Water World

空中飛魚

我來到金邊夢幻般的水上樂園游泳，這裏有很多彎彎曲曲的長短水上滑梯給大人及小朋友玩樂，設有付硬幣式儲物室可供擺放物品，只要事前做足準備攜帶拖鞋、沐浴露和毛巾等個人用品，便能輕鬆享受這愉快水上活動。

地址：120803, Phnom Penh
電話：+855 23 997 882
營業時間：早上9:00

用後感評分：★ ★ ★ ★ （最多5粒星星）

終身美麗

The Place Gym BKK

去到位於金邊市中心，柬埔寨設備最齊全健身房，只需15美元便能玩足一日，配置先進健身器材，例如觸屏式電腦跑步機、特大露天游泳池和蒸汽桑拿浴室等等。還有許多健身課程選擇，如瑜伽、拳擊、樽吧舞和紡紗班。由於每天美食當前，不想回程後才減肥，現在就要把握機會！

地址：11 Rue Pasteur No. 51, Phnom Penh
電話：+855 69 876 777
休息時間：下午9:30

用後感評分：★ ★ ★ （最多5粒星星）

變靚啲

巴西柔術 - **Jiujutsu**
Favela Fitness Lift & Roll

來到Urban Village區內的健身中心做康體運動，這裡有齊全的健身器材，什至還提供巴西柔術課程，在外籍導師指導下，能正確運用姿勢練習不同類型運動，是專業健身社區之一。

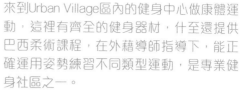

作者
RECOMMEND
最齊全

推介

地址：National Road No2 Phnom Penh, Phnom Penh 12354
電話：+855 17 999 541
休息時間：下午8:00

用後感評分：★ ★ ★ ★ （最多5粒星星）

玩
到
跳
掣

水淨華區遊樂場
Chraoy Chongvar

抵達位於湄公河和洞里薩河交滙處，被稱為「湄公河三角洲」的水淨華區，周邊配套涵蓋甲級寫字樓、五星級酒店及購物中心，將興建2023年東亞運動會場館、柬埔寨最大野生動物園Phnom Penh Safari World、亞洲最大水上樂園Garden City Water Park和金邊首座恐龍主題公園等。來到區內的機動遊樂場，更有「跳樓機」和「旋轉飛機」等遊戲，路邊擺設各式各樣小吃及食肆，望着美麗月光邊玩邊吃，是最佳宵夜。

地址：Chraoy Chongvar Phnom Penh

用後感評分：★ ★ ★ ★ ★ （最多5粒星星）

最愛沾啤

德國手工啤酒工作室 - Factory Phnom Penh

Two Birds German Handcraft Beer

這是Urban Village園區內的手工啤酒廠,定
期有德國手工啤酒節,在假日能帶同一家
人齊來參與活動,一起舉酒暢飲,結識來
自世界各地不同朋友,互相交流,是一個
充滿國際化社區的娛樂場地!

作者推介
RECOMMENd
最好飲

地址: National Road No2 Phnom Penh, Phnom Penh 12354
電話: +855 17 999 541

用後感評分: ★ ★ ★ ★ ★ (最多5粒星星)

★作者★ RECOMMEND 最專業 推介

攝影工作室 - Factory Phnom Penh KH Studio

這是Urban Village社區的攝影工作室，由於Factory Phnom Penh有最大的共享辦公室，能為初創企業提供產品、公司團體及人像廣告攝影服務。這裡的攝影師有趣及充滿創意，除了商業攝影，亦可與家人和情侶前來拍照留念！

地址：National Road No2 Phnom Penh, Phnom Penh 12354
電話：+855 17 999 541

用後感評分：★ ★ ★ ★ ★ （最多5粒星星）

Epic Club

來到金邊著名的俱樂部夜間娛樂，配備頂級音響及3D繪圖系統聽着國際流行音樂，與朋友一起圍繞著桌子舉酒跳舞，五光十色燈光使人紙醉金迷，是金邊最頂級的貴賓夜店！

夢幻夜總會

地址：No 122B Epic Street Near Russian Embassy Sangkat Tonle Bassac, Phnom Penh, Cambodia

電話：+855 10 600 608

營業時間：下午10:00

用後感評分：★ ★ ★ ★ ★ （最多5粒星星）

國家級任務

國家草地標準足球場 - Factory Phnom Penh
National Football Club

這是Urban Village區內的國家級足球場，躺着這大片草地看著蔚藍的天空，十分寫意，亦是柬埔寨國家隊特訓場地，還會定期舉辦足球賽事，吸引不少熱愛足球比賽的人參觀及打氣！

地址：National Road No2 Phnom Penh, Phnom Penh 12354
電話：+855 17 999 541

用後感評分：★ ★ ★ ★　（最多5粒星星）

一桿入洞

柬埔寨第一高爾夫球場
Cambodia Golf & Country Club

來到於1996年啟用，由日本和台灣設計師設計的柬埔寨第一個高爾夫球場。這裡像伊甸園般環境優美，內有漂亮法式會所，設有休息室、餐廳、會議室、酒店、游泳池及渡假村等。還可騎馬玩樂，很適合假日前來渡假！

地址：No.56A Street 222
電話：855 23 363 666

家庭樂趣

金邊動物園

前往門票只需10美元的金邊動物園
參觀動物精彩表演，有紅毛猩猩、
鱷魚、雀鳥、猴子和老虎，帶同小
朋友來觀看，必定讓孩子們樂而忘
返，是親子活動親近大自然的好地
方！

地址：Ly Yongphat St, Phnom Penh
電話：+855 70 388 188
休息時間：下午5:00

用後感評分：★ ★ ★ ★ ★ （最多5粒星星）

鄉村四輪越野車
Village Quad Bike Trails

其他玩樂介紹

地址：#25 Choeung Ek Rd, Phnom Penh
電話：+855 81 812 172

用後感評分：★ ★ ★ ★ ★ （最多5粒星星）

Cambodia Extreme Outdoor Shooting Range

地址：No 326 Highway No 2, Phnom Penh 12000, Cambodia
電話：+855 89 797 079
休息時間：下午6:00

用後感評分：★ ★ ★ ★ ★（最多5粒星星）

金界綜合渡假酒店賭場
Naga World Hotel Phnom Penh

地址：Samdech Techo Hun Sen Park Phnom Penh Cambodia, 120101
電話：+855 23 228 822

用後感評分：★ ★ ★ ★ ★（最多5粒星星）

其他玩樂介紹

永旺二期機動遊戲城

地址：St No. 1003 Village Bayab Commune, Phnom Penh
電話：+855 23 911 888

用後感評分：★ ★ ★　（最多5粒星星）

MUTRO Design with MARVE Home
Factory Phnom Penh

作者 RECOMMEND 推介
尋回童真

地址：MUTRO Design with MARVE Home B6 in The Factory, No. 1159,
　　　National Road 2, Phnom Penh 12354
電話：+855 68 988 550

用後感評分：★ ★ ★ ★ ★　（最多5粒星星）

第五章　金邊最爽按摩

Angkor Spa

佛系按摩

來到生意極好的水療中心，這裏環境優美舒適，散發出陣陣香薰味道，來感受柬埔寨傳統按摩時，每個部位緩慢有力地按壓，絕不馬虎。只需10美元就能按60分鐘。價錢便宜、一流技術和招呼周到，難怪客似雲來！

地址：Sangkat Boengkengkang1, Chomkarmorn, 16 St 310, Phnom Penh
電話：+855 93 900 623
營業時間：上午9:00

用後感評分：★ ★ ★ ★ ★ （最多5粒星星）

星級水療

One Oasis Wellness Spa

Urban Village

柬埔寨人氣品牌按摩中心，由五星級酒店培訓師專注技師培訓，加上酒店式服務質素，打造頂級按摩享受。店內亦提供修甲及美甲服務，邊按摩邊美甲，心動不如行動。

作者 RECOMMEND 最新穎 推介

地址：Shop A1&2, No. 1159, National Road No.2, Commune of Chak Angre Leu, District of Mean Chey, Phnom Penh, Kingdom of Cambodia.

電話：+855 17 371 010

用後感評分：★ ★ ★ ★ ★（最多5粒星星）

最 Chill 享受

Bodia Spa

旅程中經常暴露陽光底下，所以選擇來到高級水療中心做身體護理。房間佈置典雅，柔和光線和恬靜環境，讓我可盡情歇息。完成護理後，身體肌膚明顯柔滑亮白。高品質產品和合理價格，成為遊客必到按摩場所。

地址：River Side, next to National Museum,Phnom Penh023
電話：+855 23 226 199
營業時間：上午10:00

用後感評分：★ ★ ★ ★ ★ （最多5粒星星）

泰式古法

Let's Relax Spa

來到位於金邊市中心繁華住宅及商業區附近，擁有超過20年水療行業經驗的連鎖按摩店享受正宗泰式按摩，這裏環境安靜和整潔，按摩師嫻熟的穴位按摩技巧，把泰式古法發揮淋漓盡致，有效改善血液循環和緩解急性或慢性疾病！

地址：23 Oknha Chrun You Hak St. (294), Phnom Penh
電話：+855 23 211 564
休息時間：下午11:00

用後感評分：★ ★ ★ ★ ★ （最多5粒星星）

奢華按摩

NaTa Spa

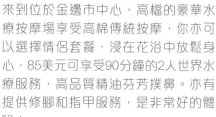

來到位於金邊市中心，高檔的豪華水療按摩場享受高棉傳統按摩，你亦可以選擇情侶套餐，浸在花浴中放鬆身心，85美元可享受90分鐘的2人世界水療服務，高品質精油芬芳撲鼻。亦有提供修腳和指甲服務，是非常好的體驗！

地址：29 57th Street Sangkat Boeng Keng Kang 1, Phnom Penh 12000, Cambodia
電話：+855 23 901 812
休息時間：下午10:00

用後感評分：★ ★ ★ ★ ★ （最多5粒星星）

第六章

帶你掘磚

一帶一路全球投資新熱點 - 金邊

SEIZE THE OPPORTUNITY

中柬強勢聯盟
大力推進共贏局面

中柬建交60餘年，雙方緊密友好合作。國內政局穩定，柬更是"一帶一路"建設的忠實"支持者"。於2018年總共赴柬遊客已超620萬人次；由中國到柬的每週航班從110班次增至420班次；並估計於2025年將吸引遊客達2,000萬人次。中柬攜手並進，共同推動柬埔寨經濟發展。

共築柬埔寨輝煌前景

金邊新國際機場
總投資15億美元

金西高速公路
斥資20億美元

柬埔寨最大水電站
中、越合資7.8億美元

2023年東亞運動會場

電網系統
出資1.85億美元

2025年完成
與建大型貨運機場

世界知名五星品牌酒店
2020年完工

泛亞鐵路網
2020年通車

金邊空中輕軌
日本出資9億美元

金邊新環城道路
斥資500萬美金

世界第二高133層
雙子世貿大廈

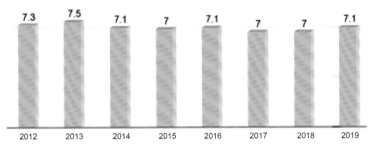

GDP 持續超7%

2012	2013	2014	2015	2016	2017	2018	2019
7.3	7.5	7.1	7	7.1	7	7	7.1

2012-2019年柬埔寨GDP總值增長率　　　　資料來源：柬埔寨央行

2012-2019年柬埔寨的GDP不斷上升，亞洲開發銀行發佈的《2018年亞洲發展展望》中認為，柬埔寨將保持7%的GDP增速。據柬埔寨財政部預測，工業、旅遊業、農業將持續增長勢頭，2019年柬埔寨GDP可增至272億美元。經濟蓬勃發展，國民收入不斷增加，引爆強勁消費力，直推房價上漲。

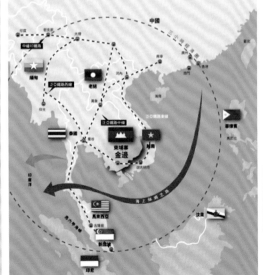

一帶一路橋頭堡
泛亞高鐵樞紐

柬埔寨在"一帶一路"的戰略佈局下，處於東盟核心區。同時是泛亞高鐵樞紐"一帶一路"的橋頭堡，不僅打造了東盟"三小時經濟圈"，而且為柬埔寨帶來超1,000億美元的對華貿易出口增量。柬埔寨將迎來井噴式的黃金經濟機遇。

歡迎外資 政策開放 簡單稅制

政
策
開
放

政策開放 外資100%持股
全球資金匯聚

柬埔寨實行自由經濟政策，對外來投資持開放態度，外資100%持股，海外企業和投資人無國籍區分、無差異化對待。此外，在柬埔寨國內具名所得稅與企業經營整理稅負相對較低，顯著降低運營成本，吸引了大批外資前來置業投資，全球熱錢匯聚。

稅務福利
最高可享9年免稅優惠

在中國的"一帶一路"倡議下，結合柬埔寨實際情況，柬埔寨出臺了一系列稅務優惠政策，包括農產品及大綜商業產品入口中國免稅等，吸引中外企業到柬投資。目前，柬埔寨設有多個經濟特區，針對外商實行多項平等投資優惠政策，可以以外國人身份開設公司，享受長達9年的免稅期等。

全球外資湧入

世界500強企業搶駐金邊
海外投資不二之選

柬埔寨已成為全球外資企業進駐東南亞的不二之選。其東盟核心的地理位置、美元交易國身份、優惠稅務政策以及可觀的投資前景等,更受到外資企業的追捧。金邊現已聚集駐外使領館和世界500強企業多達280多家。其經濟活力和增長空間不容小覷。

專家分析投資柬埔寨的四大利好因素

4 大利好 ▶ ▶ ▶

四大利好因素

利好1

全球房地產漲幅第一
租金回報率第四

胡潤全球房價指數顯示，柬埔寨金邊房價年漲幅、租金收益及匯率變化，三項相加得投資回報率為29.4%。柬埔寨金邊漲幅全球第一。同時，目前柬埔寨核心區域公寓月租金達$23/㎡，平均租金回報率高達10.8%，月租金最高達$1200/套。位於全亞洲第一，全球第四。金邊成為海外置業投資回報最高的城市。

10.8%

1.7%

金邊　胡志明市　馬尼拉　雅加達　吉隆坡　東京　曼谷　新加坡　上海　首爾　香港　北京　臺北

亞洲各大城市租金投保率（%）《數據取於2018》
SOURCE | Numbeo

利好2

美元結算資產
無外匯管制 非CRS協議

柬埔寨是全球第三大、東南亞唯獨一個美元資產國；美元佔據了本國80%以上的貨幣流通量。置業投資柬埔寨，資產保值抗跌不縮水。且無外匯管制，資金進出自由，非CRS*國稅賦極少，海外資產配置首選。 *注釋（CRS：CRS全名是Common Reporting Standard for Automatic Exchange of Financial Account Information in Tax Matters（共同申報準則），是由經濟合作暨發展組織（OECD）在2014年7月所發佈的一種跨政府協議，主要目的在建立國際間金融帳號資訊交換的機制，並與帳戶持有人的稅務居住國進行資訊交換的報告機制）。

利好**3**

四大利好因素

房產價格窪地
前景潛力驚人

《全球房地產指南》分析指出，金邊近年來房地產市場持續穩定增長，房價平均漲幅已高達15%，辦公漲幅為21.8%，住宅漲幅為26%，2015年金邊的不動產價格增長了26.2%，是亞太地區國家的城市中，不動產價格增長率最高的城市。

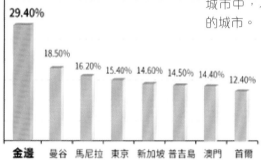

29.40% 金邊　18.50% 曼谷　16.20% 馬尼拉　15.40% 東京　14.60% 新加坡　14.50% 普吉島　14.40% 澳門　12.40% 首爾

《斯維登置業：胡潤2018年度海外置業投資回報指數》亞洲城市排名

利好**4**

房產永久產權
無遺產稅　房產交易稅僅4%

自2010年起，柬國通過《外國人持有產權法案》，開放外國人買賣不動產。只要年滿18歲，憑護照就可以自由買賣2樓以上的集合式住宅、公寓大樓，並擁有永久產權。且無遺產稅，這無疑是留給子孫後代的一筆巨大財富。同時，在柬埔寨購房交易稅僅是房產價值的4%，柬埔寨房產市場商機無限。

住房需求大增
直推房地產蓬勃發展

地產蓬勃發展

人口紅利巨大
青年人住房需求龐大
推動房價

柬埔寨擁有強大的人口紅利，人口平均年齡為27歲，其中30歲以下的年輕人佔總人口的70%。因而擁有龐大的勞動力，吸引跨國製造業巨頭進駐，大力支持整體經濟強勁發展。每年超過20萬年輕人到金邊工作及定居，成為全球最低失業率的城市。

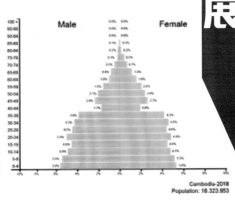

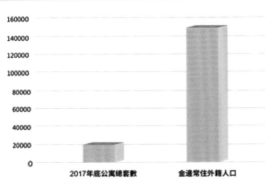

金邊公寓供應需求
（公寓數據來源：Knight Frank Research2018；外籍人口數據來源於媒體估算）

超15萬位外籍人士進駐金邊
住房需求供不應求

現時常住金邊的外國人口超過15萬人，根據2018 CBRE報告指出金邊建成住宅房只有14,000伙，如以每年2萬人的增幅計算，住房需求巨大，實在供不應求。

自由轉讓稅費低

投資置業一步到位 自由轉讓稅費低

 現場看房，實地視察柬埔寨房產物業及房產展廊。

 選中房後簽訂購房意向書並交訂房押金USD$3000

 重要事項説明：
在柬埔寨購房時，必須告知購房者的重要事項（由房地產經紀人説明重要事項）

 簽訂合同支付房款：
A.一次性付款（100%）
B.分次付款（30%，按月支付）

 支付餘額和交房：
支付餘額，拿鑰匙，申請辦理房地產所有權的過戶登記，購房人帶上護照和銀行匯款證明和支票到土地廳過戶。

 入住及出租：
購房手續完成，房屋用於自主用途的可隨時入住。房屋用於投資出租的，可使用開發商提供的管理服務。

置業稅金及行政費用

項目	費用
年度財產稅	物業價值的0.1%
印花稅及行政費	物業價值的4%＋行政費USD2,500（交接時支付）
律師費	USD$ 500
管理費	按面積計算
樓宇維修基金	按不同項目而定

地段潛力

首都城市新核心　罕有地段潛力爆發

跨越洪森大道與諾羅敦大道2號公路之間的國際精品綜合體。雄踞柬埔寨政治、行政、經濟的心臟，與中國、馬來西亞等眾多大使館為鄰，臨近金邊國際學校、DNT 93 商場、永旺市場等各大商圈。暢享豐富多彩的精緻生活。

**Urban Village
超過8,000,000平方尺
國際城市綜合體**

作為金邊最大國際城市綜合體 — 首都 • 國金矗立在金邊心臟地帶，擁有45%綠地空間，集公寓、娛樂及零售於一身，是初創、商務及渡假人士熱愛據點。

共享社區

Factory Phnom Penh
多元化國際共享辦公文化創意社區

金邊新名片，文化新地標

Factory Phnom Penh共享創辦空間占地超過約36萬平方尺，是集餐飲、親子娛樂、兒童教育、創作辦公為一體化的文化新地標，更有在柬兩大主題設施的國際知名Play Space蒙特梭利幼兒園。同時含有培訓場地、德國手工啤酒工作坊、圖書館、商務演講廳、產品展覽場地、藝術工作室、精品餐館等等。工作、學習、休閒皆宜，匯聚人流，吸引大量人群在此工作消費，人氣旺盛。

國際化企業辦公區域，有來自不同國家、不同專業人才組成，運營國際多元化辦公氛圍。

國際共享創作社區，集共用辦公空間、初創企業孵化基地、創意工作園區為一體。

多國美食風情薈萃，有咖啡聽、主題餐廳、紅酒館、酒吧、手工啤酒及精品食肆。

蒙特梭利幼兒園是一家主張以自我教育為主的國際優質幼稚園，賦予下一代更廣闊的眼界。

彈跳主題公園是金邊首個最大的主題設施，更有美國滑板主題公園。同時，設有足球場、籃球場、游泳池、綠林園林、兒童遊樂場等休閒設施。

國際專業化團隊　優質完善全方位服務

國際精英團隊Urban Hub負責物業租賃管理、新加坡第三方測量師顧問Oliver Ho & Associates、香港著名專業防水機電顧問CSA提供第三方質量監控、頂尖英國及澳大利亞著名設計師負責建築概念及設計、香港物業管理團隊，提供世界級優質物業管理，締造優質品牌。

衣食住玩

Urban Village & Factory Phnom Penh
成為一個居住生活、辦公創業、休閒娛樂
國際化優質宜居生活圈

URBAN VILLAGE擁有綜合優質精品公寓、SOHO、商務辦公及商店，Factory Phnom Penh則提供共享辦公、創意基地、娛樂飲食，各自群體促進國際品味生活的互動、互補、互利，成為一個"居住生活、辦公創業、休閒娛樂"的自然生活生態圈。

發展商：香港金鏗集團
（港資企業在柬埔寨最大房地產投資項目）
地　　址：柬埔寨· 金邊市·
洪森大道與諾羅敦大道二號公路1159號
網　　址：www.urbanvillage.com.kh

掃一掃，進入全新國度

旅遊小秘書提提您

飲食習俗

柬埔寨人以大米為主食,喜歡素食,每逢過年過節仍然是有魚有肉,菜餚豐富。他們偏愛辣、甜、酸的味道,所以辣椒、蔥、姜、大蒜是煮飯不可缺少的調味料。另外,他們飯後有漱口的習慣。

消暑方法

烈日當空之下總會汗流浹背,街上會有飲品店可供消暑解渴,內地及台灣著名品牌喜茶和老虎堂黑糖專売也進駐了金邊,快點來快閃排隊吧!

喜茶
(HEEKCAA Toul Kork)
地址:19 Street 528, Phnom Penh
電話:+855 70 200 904
休息時間:下午8:30

老虎堂黑糖專売
(Tiger Sugar Cambodia)
地址:#215 Rue Pasteur No. 51, Phnom Penh
休息時間:下午10:00

醫生駕到

春輝診所
地址:No. P. 127 Borey Plaza 2, Teok Thla village, Russian Blvd., Sangkat Teok Thla, Khan Sen Sok, Phnom Penh
電話:+855 93 754 558
營業時間:早上8:00至晚上7:00

法國甘密醫院
Calmette Hospital
地址:No. 3, Monivong Blvd, Sangkat Sras Chok, Khan Daun Penh, Phnom Penh
電話:+855 2342 6948
營業時間:24小時

豪派手信

La Porte du Cambodge

地址：#178Eo,St.13 Sangkat Chiy, Phnom Penh, Cambodia

電話：+855 69 302 961

營業時間：上午10:00

用後感評分：★ ★ ★ ★ ★（最多5粒星星）

Friends 'n' Stuff

地址：#215, Steet 13, Phnom Penh, Cambodia

電話：+855 23 555 2391

休息時間：下午9:00

用後感評分：★ ★ ★ ★ ★（最多5粒星星）

Cambodian Creations

地址：House 5AE, Street 240 1/2, Phnom Penh, Cambodia

電話：+855 97 522 3043

營業時間：上午9:30

用後感評分：★ ★ ★ ★ ★（最多5粒星星）

機場著名特產手信

MARA 巧克力
價錢：約7美元
用後感評分：★★★★★ （最多5粒星星）

SDA 按摩油
價錢：約9-12美元
用後感評分：★★★★★ （最多5粒星星）

KIRUM 黑白綠紅胡椒
價錢：約15-36美元
用後感評分：★★★★★ （最多5粒星星）

乾果類食品（芒果、椰子及榴槤等）
價錢：約11美元
用後感評分：★★★★★ （最多5粒星星）

SELA PEPPER 黑胡椒
價錢：約10美元
用後感評分：★★★★ （最多5粒星星）

天然石首飾
價錢：約55-85美元
用後感評分：★★★ （最多5粒星星）

天然精油手工皂
價錢：約6美元
用後感評分：★★★★★ （最多5粒星星）

柬埔寨除了吃喝玩樂，如果想做高息美金定存，可以在當地開立銀行戶口。中國銀行、工商銀行及大眾銀行已經進駐金邊，為外資提供銀行服務。您可帶齊有效簽證、護照、柬埔寨電話號碼及工作證明開戶。最新開戶詳情請向當地銀行直接查詢。

有金執

中國工商銀行金邊分行
ICBC Phnom Penh branch
地址：NH 5, Phnom Penh
電話：+855 23 955 880
休息時間：下午4:00

柬埔寨大眾銀行 Cambodian Public Bank
地址：Campu Bank Building No. 23, Kramuon Sar Avenue (Street No. 114) Sangkat Phsar Thmey 2, Khan Daun Penh Phnom Penh
電話：+855 23 428 100

中國銀行 Bank of China (Hong Kong) Limited
地址：No. 315, Preah Monivong Blvd, corner of Ang Duong (St. 110), Canadia Tower 1st - 2nd Floor, Sangkat Wat Phnom, Khan Daun Penh, 12201, Oknha Ing Bun Hoaw Ave (108), Phnom Penh
電話：+855 23 988 886

娶妻隨妻

柬埔寨女子的婚嫁年齡一般在16歲左右，男子約20歲。按照當地習俗，婚禮在女方家舉行，丈夫婚後會隨妻定居，類似入贅。傳統婚禮通常要舉行三天，第一天為「入棚日」，女家會搭蓋新郎棚、迎賓棚和飲事棚，讓新郎在婚禮前住進新郎棚。第二天為「正日」，包括祭祖儀式等。第三天為「拜堂日」，儀式通常由一位善擇良辰吉日的老人主持。不過現在城鎮居民都一切從簡，他們也可以根據自己的意願舉行各式各樣的婚禮。

有規有矩

柬埔寨人認為左手是不潔的，用左手拿東西或食物是不懂禮貌的表現。他們認為頭是人最神聖部位，因此別人不能觸摸他們的頭部，也不能隨意撫摸小孩的頭。在柬埔寨的舞蹈，常用手勢來表達特定的意思，如五指併攏伸直表示「勝利」；五指攥成拳頭表示「不滿」和「憤怒」；四指併攏，拇指彎向掌心，表示「驚奇」和「憂傷」。

快樂節期

柬埔寨的節日有很多，有新年、送水節、風箏節、齋僧節、雨季安居節等，當中以送水節為最盛大和隆重，送水節是為慶祝雨季結束，河水消退而設，每年佛歷十二月月圓時在邊疆慶祝三天。

輕微時差

香港時間減 1 小時。

穿衣之道

以輕便、舒適的衣著為主。早晚較涼，宜準備長袖衣服。4 月尾至 10 月為雨季，宜帶備雨具、帽子、太陽眼鏡、防曬乳等防曬用品。遊覽遺跡時，一般都是步行，所以如果有一雙舒適的旅遊鞋會比較輕鬆。

網不離手

雖然大部份的機場附近都有WI-FI服務和電話卡出售，但最好還是先購買可以上網的電話卡或是WI-FI蛋，方便找路或聯繫。

不保就險

當確認了機票行程以後，記得購買旅遊保險，以預防一切突發的意外。

充電需知

220 伏特，大部份酒店插頭為兩腳扁腳插頭，也有不少酒店提供三腳扁腳插頭。

如實申報

可攜帶免稅香煙 200 枝、一 公升烈酒一瓶，自用之電器用品。各種蔬菜、種子、肉類、植物等均禁止入境。出發前須填妥海關登記表一式兩份，一般登記物品有相機、手錶、現金、電器用品及首飾等均須填寫清楚。

氣候宜人

柬埔寨位於亞熱帶地區，全年平均溫度在 27°C - 35°C以上。
旱季(11 月- 4 月)
涼季(11 月- 2 月)月均氣溫 24°C
熱季(3 月- 4 月)4月最熱，月均氣溫達 30°C
雨季(5 月- 10 月)，10 月份雨量最多。

藥到病除

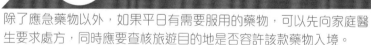

除了應急藥物以外，如果平日有需要服用的藥物，可以先向家庭醫生要求處方，同時應要查核旅遊目的地是否容許該款藥物入境。

迷途知返

當一切都準備就緒時，最好還是把行程、機票及酒店資料等等打印出來；並和旅行保險、護照等重要文件都影印一份，以防遺失手機或護照。

找筆到

出入境填寫資料一定會用得到，
雖然空服員可以借到，但是身上
帶一支筆，在海外很多時候寫資
料很常用到。

U0164421

緊急電話

柬埔寨駐中國領事館：
(855) 23720920

火警:118 / 救護車:119 / 警察117/
觀光警察:097-7780002

港人求助

若不幸在海外遺失護照，希望尋
求意見時可致電香港入境事務處
協助在外香港居民小組的24小時
求助熱綫：(852)1868，入境處
會就有關辦理證件的事宜提供意
見和協助。詳情可瀏覽入境處網
頁。

✈ PHNOM PENH
INTERNATIONAL
AIRPORT
金邊國際機場

俄羅斯大道

MONIVONG BLVD

P.71
OLYMPIC STADIUM

毛澤東大道 P.74

CHINA
EMBASSY

RUSSIAN MARKET
俄羅斯市場

TOUL TUM POUNG
NEIGHBORHOOD

SOVANNA
SHOPPING MALL

KHMER SOVIET
FRIENDSHIP HOSPITAL

STREET 271

🏛 LANDMARKS
地標

🏛 EMBASSY
大使館

🏢 SHOPPING MALL
購物中心

🏫 EDUCATIONAL INSTITUTION
教育機構

🏛 GOVERNMENT INSTITUTION
政府機構

🏢 COMMERCIAL BUILDING
辦公大樓

🏨 HOTEL
酒店

🏥 HOSPITAL AND CLINIC
醫院

MAIN ROAD
主要交通

NEW CBD
DEVELOPMENT
ZONE
新商業中心發展區

AEON
MALL 3
永旺購物中心
第三期
P.70